AdoleScente

NÚRIA PARERA
DANIEL PÁEZ FERNÁNDEZ

Hay todo un mundo que compartimos a diario, tú y yo.

Cuando abro la ventana y tú suplicas cinco minutos más bajo las sábanas.

Las veces que refunfuñas
porque hay que echar una mano en casa.

Cuando tu hermano te provoca y tú vas tras él.

Las noches que, ante el televisor,
nos emocionamos las dos y lloramos con disimulo.

Los días en que la vida te brinda su mejor cara
y vas por casa repartiendo buenas intenciones.

O aquellos en que te encierras en tu cuarto,
deseando que en algún momento
abra la puerta y me siente a tu lado.

Sé también que tienes un mundo que es solo tuyo.
Tuyo y de nadie más.

Un mundo que aparece cada noche
cuando cierras los ojos.

Un universo donde todo es posible.
Donde puedes volar y sentirte libre.

Un lugar lleno de caminos y bifurcaciones.

Donde no faltan tormentas, terremotos y volcanes.

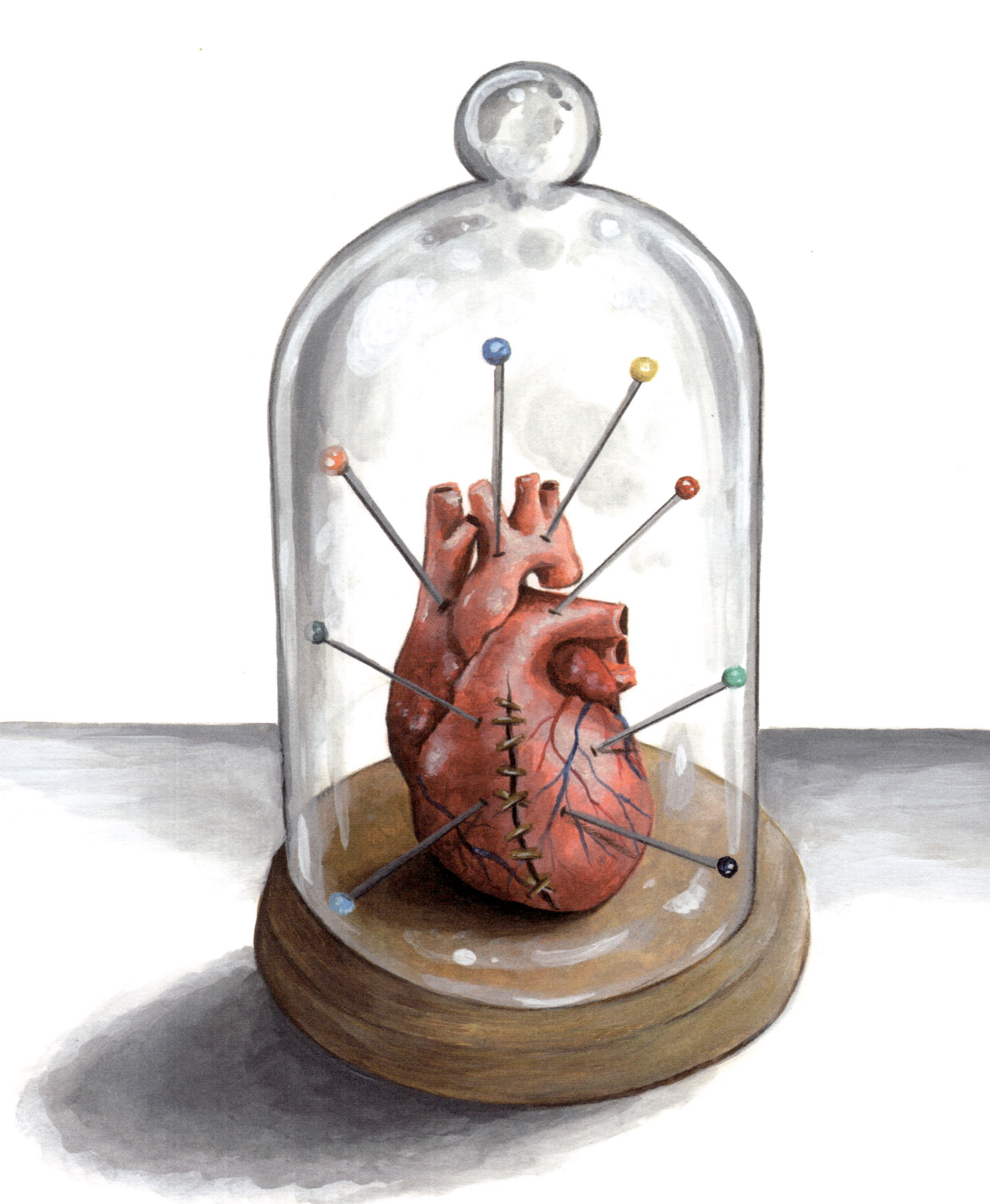

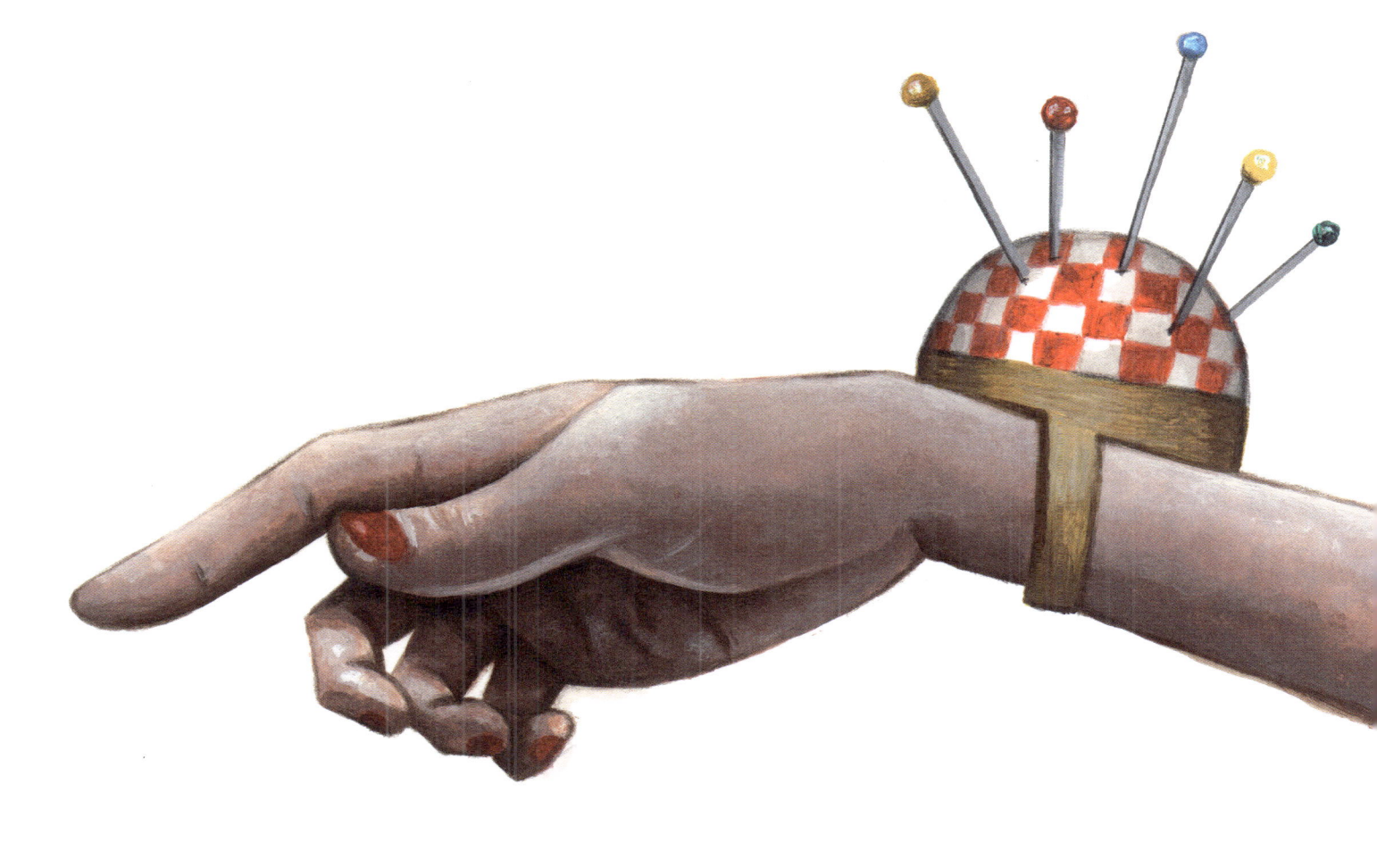

Un rincón donde el tacto,
las sensaciones y el placer parecen
tan reales que te hacen temblar.

Una cima que eres capaz de alcanzar con un único salto, desde donde te sientes poderosa, fuerte.
Una auténtica heroína.

Lo sé porqué yo también tengo mi universo.
Mis miedos, mis dudas y mis anhelos.

Un mundo nocturno tan vivo,
temible y maravilloso como el tuyo.

Y en los sueños más bellos, hija,
apareces siempre tú.

Adolescente
Primera edición: noviembre de 2020

© 2020 Núria Parera (texto)
© 2020 Daniel Páez Fernández (ilustraciones)
© 2020 Thule Ediciones, SL
   Alcalá de Guadaíra, 26, bajos
   08020 Barcelona

Director de colección: José Díaz
Directora de arte: Jennifer Carná

Toda forma de reproducción, distribución, comunicación pública o transformación de esta obra solo puede realizarse con la autorización de sus titulares, salvo la excepción prevista por la ley. Diríjase al editor si precisa fotocopiar o escanear algún fragmento de esta obra.

EAN: 978-84-16817-85-6
D. L.: B 18145-2020
Impreso por Índice, Arts Gràfiques. Barcelona, España

www.thuleediciones.com